Le sac à main de la reine

Frieda Wishinsky

Loufane

Texte français de Marie-Andrée Clermont

Éditions SCHOLASTIC

Catalogage avant publication de Bibliothèque et Archives Canada

Wishinsky, Frieda
[Queen's secret. Français]
Le sac à main de la reine / Frieda Wishinsky ; illustrations de Loufane ;
texte français de Marie-Andrée Clermont.

Traduction de: The queen's secret.
ISBN 978-0-545-98686-1

I. Loufane, 1976- II. Clermont, Marie-Andrée III. Titre.
IV. Titre: Queen's secret. Français

PS8595.I834Q4414 2010   jC813'.54   C2010-902629-2

Édition publiée par les Éditions Scholastic, 604, rue King Ouest,
Toronto (Ontario) M5V 1E1 CANADA.

6 5 4 3 2 1   Imprimé au Canada 114   10 11 12 13 14 15

À Heather Patterson et à la docteure Leung,
avec mes remerciements et mon amitié.
— F. W.

À mon Tiger de longue date…
merci pour ton soutien et tes conseils.
— Ta Loufane

Quand on la voit sur les photos,
En voyage ou dans son château,
Et même par les grands chemins,
La reine porte un sac à main.

Kim meurt d'envie de savoir...
Y cache-t-elle un miroir?
Un sac plein d'argent?
Ou un roman passionnant?

Une jolie cape en velours
Pour une balade aux alentours?

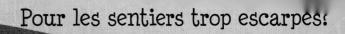

Pour les sentiers trop escarpés

Un collier d'émeraudes délicat?
Une longue robe jaune en taffetas?
Un vrai diadème royal
Pour un grand soir de bal?

Des petits bonbons dans un coffret?
Une tablette de chocolat au lait?

Un trousseau de clés dorées
Pour son cabriolet d'été?

Un gâteau et une tasse de thé
Pour un appétissant goûter?

Des bottillons pour ses jolis pieds,
Qui ne veulent pas être mouillés.

Cette sacoche si secrète
Intrigue beaucoup la fillette.
La reine, un jour, vient en visite
Dans le village où Kim habite.

La reine salue en souriant
Et serre les mains gentiment.

La voici à peu de distance.
Kim voit son sac qui se balance.

Kim entend soudain une voix.
La reine s'adresse à elle, ma foi!
— Bonjour, chère demoiselle
Aux cheveux couleur de miel.

Avant que Kim ne puisse répondre
Voilà le sac qui valse et tombe.
Il s'ouvre soudain tout grand!
Et c'est alors que Kim comprend...

Elle éprouve une joie si forte!
C'est ça que la reine transporte?
Kim en a un identique...
Tout rose et très sympathique!

— Chut! Pas un mot, s'il te plaît!
Dit la reine. C'est mon secret.
— Motus et bouche cousue,
Nul ne saura ce que j'ai vu.

Depuis, semaine après semaine,
Comme elle l'a promis à la reine,

Invitation
royale

Kim garde le secret royal...
Son grand secret, si spécial!